DÉCLARATIONS

D'HONNEUR,

DE TENDRESSE ET DE MARIAGE.

Omnia vincit amor. VIRG.

§I. OBSERVATIONS
PRÉLIMINAIRES.

« C'est Vénus toute entiere à sa proie attachée ».
HORACE et RACINE.

QUE Mᵐᵉ. V⋯ pour qui mon amour n'a cessé d'être un mystere aux yeux de nos connoissances que depuis qu'il fut question de le légitimer, ne m'accuse pas d'indiscrétion. Elle a gardé le silence aux soumissions itératives et respectueuses que je lui ai faites des idées qui me passent par la tête depuis que ses dédits et ses parjures y mettent l'apparence du même désordre, dont sa conduite offre aussi les apparences. J'ai dû prendre cet opiniâtre silence pour un consentement formel à la publication que je lui avois annoncée de ces pieces qui ne doivent pas l'offenser plus que moi, et qui m'affligent plus qu'elle. On y verra que malgré toutes les promesses qu'elle ne m'a point tenues, et tout le mal qu'elle me fait, je l'aime encore à la vie et à la mort. D'ailleurs, jamais un galant homme ne compromet devant les honnêtes gens

A

une femme estimable, quand il se borne à lui rappeller en leur présence de doux et sacrés engagemens de passer le contrat le plus essentiel de la vie, surtout quand ce mariage qu'il dépend encore d'elle de conclure, est agréable et convenable aux deux familles. Oui le MARIAGE : ce mot révéré, ce but honorable couvre et répare tout. C'est une convention louable, c'est un acte auguste et solemnel de la religion, de la nature et de la société; c'est comme dit Richardson, le plus sublime état de l'amitié.

Mme. V   qui me coûte la fortune, la santé, le repos et peut-être la vie, parce que je crus à sa bonne foi, doit être sûre qu'en cherchant à la déprévenir et à la ramener, je ne veux ni la désobliger, ni la contrarier. Je lui demande seulement la consolation de la voir quelques momens avant d'expirer. J'attache encore du prix à son opinion quoiqu'elle fasse pour perdre dans la mienne, et je desire au moins qu'elle redevienne juste sur ma conduite et mon caractere, quand elle ne redeviendroit pas sensible à mes sentimens et à mes procédés. Jamais inclination ne fut plus tendre ni plus éprouvée que la mienne; et je ne sais encore si le ciel m'approuve ou me punit de l'aimer presqu'autant que la premiere épouse qu'il ne m'a pas jugé digne de conserver.... Hélas! dix minutes d'entretien vaudroient mieux que cent pages d'écriture. Si j'étois à ses pieds, elle me releveroit, peut-être, avec son ancienne et touchante bonté.... Mais je suis loin.... Pour moi la distance est infranchissable.... Elle n'est pas seule.... J'ignore où la rejoindre..., De malveillans commentateurs de mes démarches et de mes lettres pourront lui faire prendre pour insulte l'emploi du seul moyen qu'elle me laisse pour lui faire parvenir de mes nouvelles et pour obtenir des siennes. Prévenons leurs sophismes.

Un homme qui compromettroit une femme pour prix de ses anciennes bontés, s'aviliroit lui-même, à moins que cette femme n'eut des torts de fausseté, de noirceur, de bassesse et de perfidie. Encore vaudroit-il mieux ne se plaindre qu'en secret (1), (si toutefois le cœur gonflé ne pouvoit s'empêcher d'exhaler quelques soupirs), et se taire devant un tiers, à moins que cette femme, joignant l'outrage à la trahison, n'eut levé le masque de maniere que l'on pût se moquer publiquement de ses prétentions à concilier les plaisirs du vice avec les honneurs de la vertu. Or, graces à Dieu, ce cas n'est pas du tout le mien. Mais celui qui depuis six années a reçu les plus tendres marques du plus délicieux abandon, du plus inaltérable attachement d'une femme charmante et respectable, laquelle aussi-tôt qu'elle a pu disposer de sa main, la lui a généreusement offerte ; puis dans une absence horriblement longue, lui a répété cent fois par écrit qu'elle n'aspiroit qu'au moment de le rejoindre, afin de s'unir à l'autel pour ne se séparer qu'au tombeau ; celui qui veut empêcher une telle amante, une telle épouse de se compromettre elle-même par une brusque et scandaleuse rupture sans ombre de motifs raisonnables et légitimes, celui-là, dis-je, satisfait au devoir, à l'honneur, au sentiment, à toutes les convenances.

« Non, non, Victoire n'est pas trompeuse :
» Elle m'a promis sa foi ».

J. J. ROUSSEAU.

Ah ! si je la voyois, si pour la quinzieme fois elle ne m'eut défendu de l'aller chercher, alléguant qu'elle viendroit par un chemin tandis que j'irois par l'autre, si nous pouvions nous voir quatre minutes, cette querelle qu'elle m'intente à l'improviste, et dont je rejette les torts, ou sur des mal-entendus faciles à éclaircir, ou sur moi seul, en lui demandant à genoux mille fois pardon, cette querelle qui lui fournit de nouvelles preuves et de ma tendresse et de ma soumission, ne seroit plus,

---

(1) On peut appliquer ici deux bons vers de la comédie:
« Le bruit est pour le fat, la plainte est pour le sot,
» L'honnête homme trompé s'éloigne et ne dit mot ».

A 2

j'espere, qu'un redoublement d'amour, comme Térence le disoit de toutes les querelles des vrais amans. Mme. V qui n'a jamais douté de la constance de mon hommage, reconnoîtroit la pureté de mes vues, l'immuabilité du caractere qu'elle aimoit jadis, la justice de tenir sa parole, l'inconvenance de blesser et nous-mêmes et nos deux familles; et bientôt notre lien, revêtu des formes les plus sacrées, nous rendroit l'exemple des unions les plus intéressantes et les mieux assorties.

Ma plus grande fureur fut celle de l'aimer.

CRÉBILLON.

Cette feuille sera, j'espere, la premiere et la derniere qu'elle me forcera d'imprimer. Les divers morceaux qu'elle y va lire, ne seront pas exempts des répétitions, du désordre et de la prolixité qu'on reproche ordinairement aux écrits de ceux qui aiment. O comme de pareilles taches et de tels défauts auroient trouvé grace devant son esprit au temps où je n'étois pas disgracié dans son cœur !

§ II. *LETTRE à* Mme. V *que je supplie de signer encore* VICTOIRE T

Tu Zemira, che mi adorai
Mi potrai mancar di fè.

Cravat. di Ferrari.

CHERE PERSÉCUTRICE,

Quels peuvent être vos griefs contre un amant passionné, contre un ami fidele, contre un époux empressé, qui depuis plus de quatre ans, passés sur les épines et les charbons, t'invoque, t'attend, t'aspire avec la plus vive ardeur, la plus tendre constance, et tous les sacrifices imaginables. Méchante espiegle, charmante fugitive, exigerois-tu sans cesse une réserve inaltérable de celui qui, brûlant pour toi de cet amour sans réserve que tu sus trop bien lui inspirer, voit s'éterniser le supplice de ton absence et de ses privations? Viens donc enfin confondre et démentir ceux qui se rient de ma confiance en ta solidité.

Adieu séduisant démon que j'ai long-temps regardé comme mon ange tutélaire : adieu belle susceptible, dont l'extrême irritabilité fait ma perte sans faire ton bonheur; adieu volage amante qui seras toujours un objet sacré pour moi. Mais non.... je rétracte ces désolans adieux qui sembleroient m'ôter l'espoir de te redire bientôt bon jour. Oui, ce jour luira peut-être où ma Victoire, revenue de tant d'erreurs et de dissipations, éprouvera quelques regrets d'avoir perdu, quelques remords d'avoir trompé cet amant digne d'un autre rôle que de servir de jouet à la jalousie de ses rivaux, ce tendre ami qu'elle devoit rendre le plus heureux des époux, comme il en auroit été le plus attentif et le plus reconnoissant. O combien mes en-fans te béniroient, te chériroient d'avoir rendu la vie à leur pere! Victoire, ma bonne Victoire, cette vie je te la consacre; ne les mets point dans le cas de te re-procher ma mort.

Mais pardon de ce tutoiement. Hélas! il m'est dif-ficile de changer de langage avec celle envers qui je n'ai point changé de sentimens.

O vous qui m'ayez si souvent juré pour la vie, votre foi, votre cœur et votre main, vous donc j'exécu-tois les volontés en vous aimant, hélas! comme je vous aime encore, c'est-à-dire, de la passion tout-à-la-fois la plus impétueuse, la plus délicate et la plus durable; vous qui me comblant d'indulgence et d'estime, autant que de bonheur et d'amour, me prescriviez si gracieu-sement ce que je devois tâcher de devenir, au moins en partie, quand vous m'appelliez le plus intéressant des époux, le meilleur des amis, le plus excellent des hommes; pensez-vous que le changement et le par-jure me soient aussi faciles qu'à vous? pensez-vous qu'il me soit possible de me détacher tout-à-coup de cette ravissante amie, qui pendant une année si fugitive d'enchantemens, et pendant près de cinquante mor-tels mois d'une séparation si cruelle et si détestablement prolongée, m'a fait les offres lés plus généreuses et les protestations les plus tendres de n'être jamais qu'à moi. Vous enfin qui deviez faire les délices et la consolation de mes jours, et qui n'en faites que le supplice et le désespoir, daignez relire quelques fragmens de vos propres lettres dans celle que je vous ai tracée de mon sang, et n'oubliez pas que ce sang est toujours prêt à couler pour vous.

Non, ma Victoire, vous ne l'oublierez pas. Non, votre ame, digne de plus nobles jouissances, ne se fera pas une volupté perpétuelle des tourmens de votre Gaspard.

Au nom de tout ce qu'il y a de touchant et de sacré pour des êtres raisonnables et civilisés, je t'adjure, ô ma Victoire, de n'être pas inexorable pour l'amantépoux qui voulût toujours te conserver et jamais te chagriner. Je n'ai pas la fantaisie de te forcer d'accomplir contre ton gré les sermens pour l'exécution desquels je te veux la même liberté dont tu jouissois lors de leur émission. Mais j'ai le desir bien tendre, bien naturel et bien juste de recevoir un mot de ta main qui m'annonceroit que dans le cas même où je ne pourrois plus du tout en espérer la possession, tu cesserois au moins de me vouer des sentimens de défiance et d'aversion. Telle est, cruelle bien-aimée, l'*ultimatum* qui ne doit pas t'offenser.

§ III. *EXTRAIT d'une correspondance de quatre ans.*

« Tout vit par la chaleur d'une lettre éloquente,
» Le sentiment s'y peint sous les doigts d'une amante ».
COLARDEAU.

Le cœur de ta Victoire, mon cher Gaspard, est toujours le même, et ne mettra jamais obstacle au dessein de vivre ensemble jusqu'à la mort. Ma vive et tendre amitié ne connoît point ce mal de l'absence qui détruit des sentimens trop légers pour être comptés pour quelque chose.... Penses à moi dans cet affreux éloignement, dans cette absence éternelle à mes yeux. (*Hélas!*

c'est elle qui veut l'éterniser aujourd'hui.) Quel bonheur d'espérer qu'elle touche à sa fin, et que je retrouverai mon ami tel qu'il étoit avant sa captivité. (*Victoire? pourquoi changes-tu? pourquoi me fais-tu la plus injurieuse et la plus horrible algarade au moment où j'ai levé tout prétexte de retard et tout obstacle de retour? pourquoi me deviens-tu plus funeste que Marat et Robespierre, et me fais-tu des menaces dignes de leurs complices? Mais cette derniere monstruosité même est ce qui me réconcilie, me rassure et me console, est ce qui me fixe et me ramene à tes pieds; car elle me prouve qu'aucune des abominations, récemment écrites en ton nom, ne vient de toi. Vas, je ne courrois pas après un cœur qui m'échappe, si je n'étois sûr de reconquérir à force de bons sentimens et de bons procédés, celui de ma Victoire que je ne puis soupçonner de s'être laissé jamais avilir ou dépraver.*) .... Cher Gaspard, n'oubliez jamais Victoire : votre souvenir fait son bonheur au milieu de ses peines. (*Ce doux et décevant langage a duré quatre ans.*) .... Je ne puis te rendre ma joie et mon bonheur de savoir que tu penses comme ton amie et comme je le desire. Hélas! que ne suis-je près de toi? (*J'ai toujours formé le même vœu, la même exclamation. Mais, Victoire, pourquoi n'arrives-tu pas? pourquoi ne me permets-tu pas de t'aller rejoindre?*) .... Sûrement j'ai perdu toute espece de bonheur en m'éloignant de ce bon et sensible Gaspard. Je le sens chaque jour davantage. (*Pourquoi donc préférer encore la vie aventuriere et vagabonde, à la douce convenance de t'unir, comme tu le jurois, à ce meilleur de tes amis?*) .... Il s'agit d'en finir avec une famille, dont la tienne me consolera. Aussi-tôt cette épine arrachée, (*Les fleurs peuvent naître sous ses pas; elle a semé les ronces sur les miens.*) je ne m'occuperai que de rejoindre mon ami, et tu ne peux comprendre ma joie et mon ravissement de me retrouver près de toi..... Mon cœur, mon ame sont aux lieux qu'habite mon Gaspard.... L'un et l'autre pourrions-nous avoir de la défiance sur des sentimens éprouvés par tant de privations et de malheurs?.... Gardes-toi, cher Gaspard, de disposer de ta main.

C'est à moi qu'elle appartient, uniquement à moi. Ce bien m'est trop cher et trop précieux pour que je m'avise de te le rendre. Mais aussi regarde la mienne comme à toi. J'ai trouvé de mon côté des partis avantageux sous beaucoup de rapports : mais rien ne me fera changer envers mon Gaspard, qui sûrement ne changera pas non plus à l'égard de sa Victoire. (*Comme elle paroît fausser sa promesse, tandis que je tiens à la mienne; elle traite aujourd'hui ma tendresse et ma constance d'entêtement et de persécution.*) .... Calme les inquiétudes de ta Victoire. Seroit-il possible qu'elle fut bannie de ton cœur : (*O jamais!*) Que ce lien si doux à former, et après lequel elle soupire, ne fut plus chéri de toi?.... Ah! cher ami, aurois-tu si vîte oublié tes sermens et notre tendresse? (*Elle savoit bien qu'un tel oubli m'est impossible; mais combien de fois ai-je eu lieu de craindre qu'elle ne m'eut oublié?*) .... Je compte dans le courant de cette année tout terminer avec les monstres qui m'ont enlevé toute ma joie et mon bonheur. (*Elle auroit quelque raison, sinon de me traiter aussi de monstre, du moins, pour la premiere fois de sa vie, de se plaindre de moi, si je transcrivois ici certains détails sur lesquels je lui jure qu'elle doit être tranquille, malgré l'horrible menace qu'un lâche et pervers conseil lui a dicté contre un de mes amis, et dont l'exécution lui seroit peut-être plus funeste qu'à toute autre personne.*)

Ma Victoire n'est pas de ces femmes hardies,
Qui, goûtant dans le crime une tranquille paix,
Ont su se faire un front qui ne rougit jamais.

RACINE.

Le cœur de ma Victoire n'étoit pas complice de sa plume. Quant aux pertes pécuniaires qu'elle m'occasionne, elles me seroient insensibles sans mes enfans, malgré mes autres revers. Ce que je regrette le plus, c'est l'illusion que j'ai perdue et que rien ne pourra remplacer, si toutefois les sermens de Victoire que je croyois solides et sacrés ne sont qu'une illusion.).... Mon cœur jouit d'une joie bien pure en songeant que l'hymen couronnera la constance de deux êtres qui ne vivront plus désormais que pour faire le bonheur l'un de l'autre. (*C'étoit mon espérance et mon vœu.*) ..... Délivrez-moi, bien-aimé, de l'odieuse pensée que je vous suis devenue indifférente..... (*Aimable menteuse, tu n'eus jamais cette odieuse pensée.*) .... Je devine les anticipations, les pertes, les faux frais et les sacrifices que l'attente coûte à mon ami plus généreux que fortuné. (*Ah! je ne m'en fais pas un mérite, et n'en fais pas un reproche à Victoire. Pouvois-je acheter trop cher le bonheur de la posséder? Mais pourquoi ne m'avoir pas averti depuis trois ans et demi du fatal changement, qui certes alors eut été pour moi le coup de massue, mais moins terrible que le coup de foudre dont elle m'accable par son récent parjure? O quel abyme n'a-t-elle pas creusé sous les pas de son fidele ami, n'a-t-elle pas ouvert peut-être pour elle-même, si elle n'est immuable que dans son changement, si elle reste plus fidele au caprice et à la haine qu'à l'amour et à l'amitié, si elle imite ces esprits inconséquens et frivoles qui plaisantent sur les affaires graves, et mettent de l'importance à des choses puériles ou ridicules; ou s'il lui prend fantaisie d'imiter ces esprits entiers et fougueux qui prennent l'obstination, l'emportement et la vanité pour la fermeté, la grandeur et l'élévation, et qui mettant une fausse gloire à ne jamais pardonner leurs propres torts, croient les effacer par de nouvelles injustices envers leurs victimes? Lorsqu'elle m'offrit à différentes reprises sa fortune et sa main, tout en m'honorant de l'avoir pour bienfaitrice, je n'acceptai que la derniere. Mes enfans qui la remercierent comme une seconde mere, à cause du bonheur qu'elle promettoit à leur pere, lui manderent que je ne songeois à recevoir aucun avantage dans le contrat, et que j'avois pris des mesures pour qu'ils ne lui fussent pas à charge. Comment après cela peut-elle reprocher ou regretter une très-petite somme qui ne fait pas le six centieme de ce qu'elle m'a coûté, à moi dont les débris de mes naufrages sont presque nuls en comparaison de ce qui lui reste après les pertes énormes que lui causent tant de voyages à contre-temps et à contre-sens? Mais tant de pertes me sont insensibles auprès de celle de son cœur, plus précieux pour moi que tous les trésors et les empires, quoiqu'il déchire et brise le mien d'une maniere effroyablement cruelle.)* ..... Aussi-tôt que mon sort sera fixé, *(Il l'est depuis long-temps.)* je viendrai bien vîte offrir le partage de ma petite fortune à mon ami, et puisse son cœur s'être conservé à sa Victoire! *(Ta fortune! je la maudis aujourd'hui, puisque dans mon zele ardent et pur à te procurer le recouvrement de quelques droits négligés pour tes faux plaisirs, et qui t'auroient mis à même de soulager quelques malheureux, tu puises un nouveau prétexte à ma disgrace. Mais ton cœur, tout ingrat et perfide qu'il se montre aujourd'hui; ta main qui tenoit mon existence et mon bonheur, et que je voudrois baiser une derniere fois avant de fermer à jamais les yeux à la lumiere que ton absence me rend insupportable, voilà les biens auxquels je n'ai pas encore la force de renoncer. Tu ne sais pas à quels excès ton changement subit et destitué de tout motif raisonnable et de tout fondement réel, auroit porté mon désespoir et ma sensibilité sans certains appuis et freins supérieurs à la sagesse humaine. Mais tu n'ignores pas que mes goûts d'étude sans pédantisme, et mes principes de religion sans cafarderie ne pourroient nuire à l'embellissement que tu devois répandre sur le reste de mes jours, aussi-tôt qu'une union douce et pure avec le tendre et solide ami qui se consacroit à ton bonheur, t'auroit délivrée de cette vie errante, peu convenable à ton sexe et à ton âge, et dont le prolongement ne peut t'offrir une riante perspective.)* .... Au nom de notre commune tendresse et de nos sentimens réciproques, écrivez à Victoire, elle vous en conjure. *(Qui croiroit qu'elle me le défend aujourd'hui, malgré les ménagemens de mon véritable amour pour son faux amour-propre? Hélas! je ne rejette ses erreurs, ses contradictions et ses insultes que sur les fausses apparences, et sur le mal-entendu des terribles absences, distances et circonstances.)* .... Comment pouvez-vous, cher ami de mon cœur, douter de votre empire, de votre pouvoir sur celui de Victoire? *(O trompeuse syrene! comme mes enfans doivent reconnoître ici que toutes les femmes ne ressemblent pas à* leur vertueuse mere, puisque leur pere à 51 ans devient ainsi le jouet et la victime d'une d'environ 47 ! Ne t'offenses pas de cette véracité qui peut leur faire tirer quelque fruit de mon terrible malheur. Elle ne te vieillira pas d'une minute, de même que ta coquetterie, s'il m'étoit permis de t'en supposer, ne te rajeûnirois pas d'une seconde. Mon amour et ta beauté bravent les années; mais le corps n'est pas immortel, et je ne veux pas que de nouveaux délais, après une si longue séparation, rendent notre rencontre semblable au réveil d'Epiménide. D'ailleurs, cette exactitude ou franchise, provoquée par tes singulieres inadvertances, nous honore tous deux, en prouvant la proportion de notre âge qui n'est pas celui des inconséquences et des parjures.) .... Je m'empresse, (Après six semaines de silence.) mon tendre ami, de vous écrire; et c'est pour vous dire et répéter mille fois que je vois promptement, mais bien ce beau pays, pour aller très-vîte vous retrouver. (O Victoire! tu vas très-vîte en t'éloignant, et très-lentement au retour. Tandis que tu vis au milieu des amusemens et des fêtes, qui ne manquent pas à une belle voyageuse, ton amant, absorbé dans la passion que tu sus inspirer, nourrir et partager, ton amant dont le seul crime est de t'aimer toujours de même, parce qu'il est constant et que tu deviens légere, ton amant-époux ne donne aux occupations les plus fatigantes et les plus sérieuses d'autre distraction que celle de gémir et de se prosterner devant ton portrait, tes cheveux, tes lettres qu'il couvre de baisers et de larmes. Vois pourtant quel sacrifice énorme et désintéressé je voulois encore te faire quand tu me refusois la permission d'aller déposer à tes pieds tous ces gages, dirai-je, précieux ou trompeurs, que tu m'avois donnés de mon bonheur et de ta solidité : Ton portrait, je le regardois comme le palladium de ma maison. Tes cheveux étoient mon talisman de félicité. Tes lettres, je ne puis encore les voir sans me sentir le cœur palpitant et le visage inondé comme si j'étois un jeune homme attaqué des premiers feux de l'amour. Ta veste brodée, je la conserve comme Esope sa robe d'esclave. Tes cravates sont pour moi l'emblême à-la-fois délicieux et déchirant de cette

A 6

chaîne dans laquelle je ne devois plus respirer que sous tes loix.) .... Le sort qui m'éloigne de vous, mon cher Gaspard, au moment où j'allois m'en rapprocher, s'adoucira-t-il d'ici à quelque temps. (Hélas! il dépend d'elle.) .... Si vous saviez quelle vie insupportable je mene ici dans l'attente d'un bonheur que mon cœur ne sauroit assez estimer ce qu'il vaut, vous me plaindriez sûrement.... J'ai reçu les papiers utiles que vous m'avez envoyés : je ne perds pas un moment : on m'en garantit le succès ; j'en attends ma tranquillité et mon bonheur. (Qui croiroit que cette derniere phrase : j'ai reçu, n'a précédé que de trois semaines, et l'avant derniere, si vous saviez, de six, le congé le plus bizarre, le plus injuste, le plus outrageant. Ma seule consolation c'est qu'il est tellement immoral et irréfléchi, que je puis en espérer la révocation du bon cœur et du bon esprit de ma Victoire. Bonne amie, lui mandois-je une fois, j'aime mieux passer pour coupable que de me justifier à tes dépens. Tu connois mieux que personne ma parfaite innocence, ainsi que l'évidente absurdité des reproches ou prétextes contradictoires par lesquels on veut te faire colorer la plus imprévue, la plus brusque et la plus atroce des ruptures. Mais explique moi de graces et de bonne foi les tendres extravagances, dont toute autre femme remercieroit son amant, et qui dans les crises d'un supplice de quatre ans auroient pu te peindre une impatience plus amoureuse qu'injurieuse, et plutôt une tendre et délicate sollicitude qu'une jalousie brutale et tyrannique. Si mes larmes et mes tourmens ne suffisent pas pour te venger ou t'appaiser, j'irai, chere épouse, effacer de mon sang tout ce qui t'aura déplu dans ces lettres écrites avec l'épanchement et l'abandon de la plus tendre confiance, dans ces lettres moitié vers, moitié prose que tu regardois comme des hymnes d'empressement, de reconnoissance et d'amour, et dont je ne me suis jamais douté qu'il te pris fantaisie de former un grief contre celui que vingt-quatre heures avant cette étrange et subite incartade tu daignois nommer le plus excellent des hommes, et qui mérite encore le titre de ton meilleur ami. Les nouveaux mécontentemens dont tu te plains à ma fille sont postérieurs, *non-seulement à ta missive blasphématoire et dénaturée du 7 novembre 1797, mais encore à vingt lettres sérieuses et touchantes où je te suppliois à genoux de rentrer dans la décence et la dignité de ton sexe, dans la noblesse et la modestie de ton caractere, dans la justice et l'élévation de ton ame. O si tu ne m'as pas aimé! pourquoi m'avoir encouragé, captivé, concentré, flatté depuis tant d'années? Mais tu m'aimois; car tu ne serois pas capables de tant de noirceur et de fausseté si profondément combinées, suivies et prolongées. Puis donc que tu m'aimois, pourquoi ne te laisserois-tu pas fléchir par ma douleur et par mes expiations? Pourquoi n'étant ni féroce, ni basse, ni légere, romprois-tu, sous un détestable et frivole prétexte, notre attachement de six années, dont quatre passées par ton amant sur les charbons et sur les épines; c'est-à-dire, dans une épreuve de constance et dans un abyme de malheurs dont ta belle ame doit lui tenir compte,* etc. etc.)

Quoique je n'aie point fait de brouillons de mes lettres, toutes écrites à plume courante et d'abondance de cœur à ma chérissime Victoire, ma mémoire, sans cesse occupée de ce qui la concerne, m'en fourniroit bien quelques phrases dont je ne veux pas fatiguer le lecteur après l'avoir charmé de celles de Mme. V

Elle qui fut vraiment ma Victoire sous toutes les acceptions; elle qui m'aima quelque temps assez pour se féliciter de notre commun triomphe ou de notre mutuelle défaite; elle qui vouloit adoucir mes éternelles regrets d'une perte irréparable; elle qui s'offroit de son propre mouvement pour être cette aimable compagne nécessaire à mon cœur aimant sur lequel elle avoit la certitude d'exercer le plus doux et le plus absolu des empires; elle qui chercha si long-temps à m'enivrer des éloges les plus flatteurs comme des caresses les plus délicieuses; elle enfin la souveraine de mes pensées, de mes goûts et de mes affections, l'arbitre et le centre de mes desirs et de mon existence, comment devient-elle aujourd'hui ma plus acharnée calomniatrice et persécutrice? Comment expose-t-elle notre mutuel honneur et notre repos commun en refusant d'expier ou d'ennoblir les égaremens de l'amour par le plus respectable des liens, par les consécrations civiles et religieuses? Puisqu'elle a lu le *Gonsalve* de Florian, qu'elle se rappelle ces mots : « Qu'il est doux pour » un cœur bien né d'être obligé d'aimer ce qu'il aime, » de pouvoir satisfaire à-la-fois sa tendresse et sa vertu? » Nulle jouissance ne peut valoir l'accord d'un plaisir » pur avec un devoir sévere ». Puisqu'elle sait le Télémaque, elle se rappelle bien qu'elle me présentoit l'air et le port de Calypso, la douceur et la grace d'Eucharis ; mais qu'elle doit préférer la sagesse d'Antiope aux vices d'Astarbé (1).

O Victoire, je ne repousserai point tes coups, je ne les parerai même pas. Tu m'aimas quelque temps, et quoique cette félicité passagere et trompeuse me devienne un supplice affreux et durable, chere perfide, tu seras toujours un objet sacré pour moi.

Mais sans nuire à cette jadis bien aimante qui pour mon malheur est encore trop aimée, je dois aussi quelque chose à ma famille, à mes enfans, à mes amis, à moi-même. Je dois prendre quelques mesures contre les fictions par lesquelles dans son funeste caprice qu'elle prend pour du caractere, elle croit se justifier contre un ami qu'elle trahit et qui ne l'accuse point, qu'elle offense et qui lui demande pardon comme s'il étoit l'offenseur. O ma Victoire! inconstante dans ton amitié, te piquerois-tu d'opiniâtreté dans ta colere? Est-ce bien toi qui te montres si différente de toi-même? Est-ce toi qui profanes ainsi la décence, la bonne foi, l'hymen et l'amour? Quoi chérissime amie, tandis que

_____

(1) Elle a l'esprit orné de lectures à-la-fois agréables, instructives et solides; mais quelquefois elle permet qu'on lui en fasse d'un genre moins grave, d'après lequel un de ses parens bien intentionné pour nous deux la prioit de ne point faire comparer ma future ou ma prétendue à la *fiancée du roi de Garbes*, non plus qu'à la *Matilde* de certain roman nouveau, puisque je ne suis pas *Ambrosio*.

je me prosternerois devant l'inconnu qui m'apporteroit un mot de ta main, ou seulement viendroit m'en dire un de ta part, tu fais un mauvais accueil au galant homme qui te porte un billet tendre et respectueux de ton ami, de ton amant, de ton époux! Tu te fais gloire d'avoir jetté dans le feu sans les lire les excuses ou les apologies les plus véridiques et les plus touchantes, les explications les plus claires et les plus completes. Tu me rejettes et tu me dénigres comme si j'étois homme à souiller à mon âge une vie qui, graces au ciel, est jusqu'à présent intacte sur l'honneur. Pourquoi me forces - tu d'employer tant d'intermédiaires pour te faire parvenir mes gémissemens, mes regrets et mes prieres? Pourquoi me contraindre à des révélations toujours infiniment coûteuses pour un homme délicat et sensible, quelques respectables que soient les personnes qui daignent les entendre?

Je te réponds de mon cœur toujours à toi, toujours digne de toi, non de ma tête que tu bouleverses et que toi seule peux guérir. Eurydice-Victoire, à moins que tu ne m'arrêtes par un mot, je ne dis pas tout-à-fait de réparation, mais seulement au moins de consolation, ton Orphée-Gaspard te cherchera, s'il le faut, dans les quatre parties du monde, fut-il réduit à demander l'aumône comme Bélisaire? Est-il possible que tu te croies blessée par quelques involontaires égratignures qu'a pu te faire ton Gaspard en se défendant, tandis que tu t'amuses à renfoncer et retourner le poignard dans les plaies sanglantes et profondes que ton faux amour-propre ne cesse de faire à son véritable amour? L'inconséquence et la honte, ma bonne amie, seroient de la part de celui qui le premier romproit *sérieusement* un engagement tel que le nôtre, et pour qui tant d'années d'épreuves et de souffrances seroient sacrifiés à la boutade d'un premier mouvement? Ma chere Victoire, avertir n'est pas menacer. Ma persévérance à t'écrire te prouvoit ma constance à t'aimer. Je t'ai vingt fois prédit que si les lettres multipliées de ton amant-époux n'avoient point d'accès auprès de toi, je ferois imprimer, afin de multiplier assez les copies pour m'assurer que tu puisses en lire au moins une. D'ailleurs, ton ami ne t'imprime que pour empêcher qu'un autre ne t'affiche. Sachès aussi que cet imprimé ne se vend pas, qu'il n'est ni d'un format ni d'un caractere propres à s'étaler chez les libraires, qu'il n'est tiré qu'en petit nombre, et ne sera d'abord envoyé que dans les lieux que tu peux habiter ou parcourir. Selon l'effet qu'il produira, je pourrai l'adresser à quelques-uns de nos amis ou parens. Je ne me permettrai d'en donner ailleurs que les exemplaires que tes perfides entours ou conseils auroient la plate insolence de me faire renvoyer par la poste. Lorsque tu te plais à rendre ton ardent ami fou d'amour et de chagrin, pourquoi lui faire tantôt des insultes et tantôt des mysteres qui le réduisent à cette involontaire, mais indispensable demi-publicité? Tu sais qu'il faut s'abstenir de tout éclat que ne commande point l'honneur ou la nécessité. J'espere même ne jamais envoyer qu'à Victoire seule, à ma seule accusatrice, un précis fidele que j'avois préparé pour l'entiere justification de ma personne et de ma mémoire, de mes sentimens et de ma conduite dans toute l'affaire qu'elle me rend si malheureuse, après m'avoir si long-temps et si souvent juré le contraire.

Car avec tout l'amour dont mon cœur est épris,
Je sens qu'il n'est point fait pour souffrir des mépris.

CAMPISTRON.

§ IV. *EXTRAIT d'une Lettre à son Frere.*

Mulierem fortem quis inveniet ?

SALOMON.

Ah! monsieur, nos cruels pressentimens sont trop justifiés. Tout est brusquement changé du blanc au noir, sous les plus vains et les plus odieux prétextes. Elle me prodiguoit encore il y a six semaines les expressions les plus tendres et les épithetes les plus flatteuses dans ses lettres signées de mon nom de famille, à la suite de son nom de baptême. Elle donne aujourd'hui des interprétations dégradantes à mes plus nobles sentimens, actions et démarches. Pour récompense d'un zele incroyable à la servir, et d'une constance héroïque à l'attendre, elle me défend de lui récrire et de m'informer de sa future adresse.

Frustrer ainsi les espérances de la plus touchante union, substituer un dénouement à-la-fois burlesque et funeste, au couronnement légitime et fortuné d'un mutuel et respectable attachement de six années, dont quatre passées par moi dans les plus mortelles angoisses, tandis qu'en se dissipant au loin elle me juroit toujours constance et tendresse; me faire un crime de l'impatience aussi naturelle que délicate dont toute autre femme auroit remercié l'amant choisi par elle pour remonter ensemble à la dignité des époux; m'accuser de tous ses torts et me faire d'insultantes menaces; ah! monsieur, telles sont les abominations que je ne rejette pas sur elle, mais sur les mauvais entours, les pernicieux conseils, et sur les mal-entendus provenans des terribles éloignemens, absences et circonstances. Elle et sa famille n'auront jamais à se plaindre de moi. Elle ouvre ma tombe, et je forme encore des vœux pour elle au moment d'y descendre. Cependant avant d'expirer, je pourrai livrer quelques assauts à son plus grand ennemi comme au mien; je veux dire à son excessif et faux amour-propre que mon attachement et mon respect ont jusqu'ici trop ménagé. Si je puis le vaincre ou le convertir, je lui rends au moral le service d'ami, de frere, d'époux et de pere que je m'étois mis en mesure de lui rendre dans sa fortune, si elle avoit apporté sa signature et sa procuration. J'ai toujours en quelque sorte divinisé l'objet de mon amour, et si je n'échoue pas dans mes prochaines tentatives, madame votre sœur méritera d'être regardée comme la femme la plus accomplie, quand même elle auroit commis des fautes que ni vous ni moi ne sommes portés à soupçonner.

« Dieu fit du repentir la vertu des mortels ».

VOLTAIRE.

§ V. *EXTRAIT* d'une *Lettre à son Fils.*

O temps! suspens ton vol, respecte sa jeunesse.
Que sa mere, long-temps témoin de sa tendresse,
Reçoive son tribut de respect et d'amour.

THOMAS.

A Dieu ne plaise, M^r. que j'aie l'infernale idée d'affoiblir cette noble et tendre piété filiale dont vous êtes sans doute pénétré pour votre respectable maman. Je ne veux que prévenir un mal-entendu qui deviendroit héréditaire entre deux familles faites pour s'accorder. Je veux lui rendre un nouvel hommage en me justifiant dans l'esprit de son fils. Elle permettra sans doute à ma délicatesse de ne me mêler directement ni indirectement de ses affaires qu'après le retour bien assuré de sa confiance, altérée par des suggestions étrangeres. Je me ferai toujours grand honneur, devoir et plaisir de contribuer à des arrangemens d'où résulteroit la satisfaction réciproque de la mere et du fils qui pourront tous deux me regarder comme leur serviteur.... Je ne me mêle jamais des affaires d'autrui que quand l'amitié me le commande, et dans ce cas là même je cherche toujours à me conduire d'une maniere plus propre à resserrer qu'à relâcher l'union des familles.

§ VI. *EXTRAIT* d'une *Lettre au citoyen* Remi-Charles
T *ex-cordon rouge.*

Quid levius flammâ? Ventus.
Quid levius vento? Mulier.

CHER GÉNÉRAL ET COUSIN,

Vous avez trop raison. Me voilà très - violemment

attaqué par les trois points les plus sensibles pour l'honnête homme en société. Dans le cœur, puisque j'aimois et j'aime encore. Dans la fortune, puisqu'elle se rencontroit là de la manière la plus agréable, s'étant comme offerte d'elle-même et sans que j'y eusse pensé? Dans la réputation, puisque cet héroïsme de constance devient un sujet de ridicule autant que de malheur, et que je vais passer pour très-mauvaise tête chez la plupart de ceux qui savent ce que j'ai perdu, manqué (1), négligé, souffert et sacrifié pour mon infidele.

Cependant, cher général, permettez-moi de peser et de reprendre toutes ces considérations avec vous, dont l'estime m'est si précieuse, et qui n'êtes pas homme à ne juger que sur des apparences qui nous trompent souvent, ou sur des événemens qui ne dépendent jamais de nous.

1°. Quel tort ma réputation peut-elle essuyer auprès des justes appréciateurs, pour avoir aimé solidement et de bonne foi la personne qui n'avoit aucun intérêt de me tromper, qui depuis six années m'a prodigué la tendresse d'une amante, qui depuis quatre m'a répété les promesses d'une épouse, et qui peut-être encore a sur son inconduite apparente des motifs d'excuse que nous ne pouvons appercevoir ni juger dans un si grand éloignement?

2°. Quant à la fortune, il est vrai qu'elle m'a fait manger une ferme, de l'argenterie, des effets, et que les fausses spéculations, basées sur sa périlleuse parole, vont encore me mettre dans le cas de me défaire de ma *chere* bibliotheque, si je ne puis lui faire accepter chez moi le *veau gras* ou le *faucon*. Je n'avois pas besoin de ce triste surcroît de revers à la suite de l'excessif entassement de malheurs accumulés sur

---

(1) Je regrette moins les partis riches qu'elle m'a fait manquer, que certaine personne de ci-devant grand nom et de toujours grand mérite, qui pourra voir cet écrit et se reconnoître à cette note.

ma tête avant, pendant et depuis l'incarcération dé-
cemvirale (1). Mais enfin, cher général, vous qui comme
Duguesclin, la Trémouille, Bayard, Turenne, Luxem-
bourg et Berwick, avez conservé dans le tumulte des
armes la philosophie de la religion, vous ne me blâ-
merez pas de prendre mon parti d'après la maxime
exprimée dans ce quatrain, mis par moi sur une estampe
qui représente une descente de croix.

« Quand l'Homme-Dieu pour nous expire avec douleur,
» Quand sa mere en sanglots tombe au pied du calvaire ;
» Apprenez, ô mortels, à souffrir sur la terre,
» Ce n'est que dans le ciel qu'existe le bonheur ».

En fait de fortune je n'aspirois qu'à l'*aurea medio-
critas* d'Horace, et je demandois au ciel, comme Agur
ou Salomon, de me préserver et de l'indigence et de
la richesse.

3°. Reste donc le cœur. O j'avoue qu'il n'est rien de
plus cruel pour celui d'un galant homme que de sentir
l'affoiblissement de son estime envers l'objet pour lequel son amour ne s'affoiblit pas encore. Mais, cher
général, je tâcherai, malgré les entraves de distance et
de circonstances, de décider la chose de maniere à
recouvrer toute mon estime pour ma bien-aimée ou à
la perdre toute entiere. Dans le premier cas, je rede-
viens le plus heureux des hommes, comme je veux la
rendre la plus heureuse des femmes. Dans le second,
je serai, sinon consolé, du moins guéri. Or, ici, général, voyez plutôt en couleur de rose qu'en noir ; espé-
rez qu'elle va redevenir elle-même, qu'elle va se mon-

(1) *Excidant illæ dies.* Plusieurs membres du corps légïs-
latif et du directoire exécutif ont fait l'accueil du vrai
civisme au patriotique opuscule que j'ai pris la liberté de
leur présenter contre les mesures anti-républicaines, qui,
sous prétexte de punir les françois émigrés ou réfugiés, tendoient à guillotiner, fusiller ou déporter une portion déja
spoliée et décimée de ceux qui sont restés sous la sauve-
garde de la loyauté nationale.

trer juste et généreuse, qu'elle sera bientôt votre cousine. La providence nous a punis de nous être aimés hors de mesure dans un temps où cette passion ne nous étoit guere permise. Elle nous récompenseroit peut-être aujourd'hui des principes qui la rendroient pure et méritoire. C'est au moral de Victoire que je m'attache. Qu'elle me revienne avec un bon cœur, avec cette ame qui me parut céleste quand je divinisois mon amante, elle sera sûre de mes adorations, même dans le cas où ses traits, que je n'ai pas vus depuis quatre ans et trois mois, me sembleroient aussi changés que ceux de Cunegonde le parurent à Candide. Vive la vertu pour conserver, renouveller ou suppléer la beauté.

§ VII. *REQUÊTE ou PÉTITION aux autorités républicaines ou monarchiques, ecclésiastiques ou civiles, catholiques ou protestantes, administratives ou judiciaires des pays que ma bien-aimée florentine est dans le cas de parcourir.*

Humani nihil à vobis alienum.

TER.

HOMMES EN PLACE,

Vous êtes éclairés, justes, compatissans. J'ai des droits à votre indulgence, à votre sensibilité. Daignez m'entendre avec bonté.

Au nom de tous les principes de religion, d'humanité, d'honneur et de société, je vous supplie de différer jusqu'au 18 ventose prochain, correspondant au 8 mars 1798, le mariage qui pourroit se préparer dans votre ressort pour la *signora Vittoria-S* M *originaria di Toscana, vedova del signor* V *originario dei Suizzeri.* Ce n'est pas une opposition formelle, c'est une simple suspension que j'apporte ici. Je ne dois en déduire les motifs trop déterminans que lorsque j'en serai sommé. Je la sers en lui donnant le temps de réfléchir à ce qu'elle doit à son malheureux délaissé, à sa famille, à elle-même ; je la sers en prévenant les regrets et les dangers auxquels elle s'expose d'une maniere alarmante.

Cependant comme je suis trop son esclave pour devenir son tyran, comme je ne veux ni violenter ses desirs, ni tourmenter ses jours, et comme je suis très-éloigné de chercher ou méditer la moindre vengeance des maux infinis qu'elle me cause, j'avertis que je me regarderai comme bien divorcé le 8 mars prochain, si malheureusement elle persiste à refuser jusqu'à ce terme le sacrement qui rendroit notre chaîne indissolûble. A ce moyen, j'évite et la lâcheté de l'abandonner trop tôt, et la dureté de l'importuner trop long-temps. Mais s'il faut cesser de lui appartenir, je ne cesserai point de la regreter. Si comme je le soupçonne, malgré le mystere qu'elle me fait récemment de sa marche et de ses séjours, elle se trouve dans votre ville, puisse quelqu'un d'entre vous faire la bonne œuvre d'une réconciliation de famille ou de ménage, en détruisant les préventions nouvellement suggérées à cette respectable dame, qui dans le for intérieur, (*nell' interiore della coscienza*) est mon épouse depuis quelques années, et qui m'écrivoit encore, il y a trois mois, d'un style soutenu depuis plus de trois ans, qu'elle s'empressoit de venir resserrer, légitimer, épurer, consacrer nos anciens nœuds au pied des autels et devant l'autorité civile.

Je ne vous fatiguerai pas, messieurs, des vains et odieux prétextes par lesquels de pervers entours cherchent à lui faire colorer et soutenir le plus imprévu, le plus invraisemblable et le plus inexplicable des changemens. Je ne l'accuse point, je ne l'a contrarie pas; je reçois ses injustices, ses calomnies, ses outrages, avec un respect égal à mon désespoir, avec une tendresse égale à ma douleur. Son ame que j'ai connue noble et sensible est ma ressource et mon espérance. J'implore sa justice, sa clémence, sa pudeur, sa générosité. J'implore le souvenir des sermens et des offres qu'elle m'a si tendrement, si long-temps, si souvent prodigués.

Sa toute-puissance sur moi ne s'étend pas jusqu'à

me rendre parjure à nos mutuels engagemens, jusqu'à me guérir subitement d'une passion qu'elle a long-temps approuvée, nourrie et partagée, et dont je ne révélerois pas un mot sans le déplorable éclat qu'y ont donné ses imprudences, et s'il n'étoit question de l'ennoblir par l'acte auguste et sacré du mariage.

— Je lui jure en votre présence, comme au fond de mon cœur, que si elle daigne me rendre ces doux sentimens dont elle m'assuroit encore huit jours avant sa rupture apparente, et que je n'ai point mérité de perdre, l'étude et le charme de ma vie entiere seront de la rendre la plus chérie, la plus heureuse et la plus respectée des épouses.

Je la conjure aussi de ne pas s'irriter de la bizarrerie de ma démarche, provoquée par la bizarrerie de sa nouvelle conduite, et qui lui fournit une nouvelle preuve du plus vif, du plus tendre et du plus solide attachement. Que peut-elle redouter d'un homme qui ne lui reproche que son absence, d'un homme dont elle connoît la maniere d'être et d'aimer, et sur lequel elle n'est que trop sûre de sa despotique souveraineté? Elle sait que pour insulter impunément à ma Victoire, si elle accomplit ses doux et nombreux sermens d'être ma femme, il faudroit commencer par m'anéantir, à-peu-près comme il faudroit qu'un glaive perçât mes habits et ma chair avant de s'enfoncer dans mon cœur.

J'espere, messieurs, que sa personne et sa réputation vous paroîtront de nature à ne pas ridiculiser l'homme honnête qui tient constamment à la promesse qu'elle lui a faite et demandée de sanctionner nos liens par les formes augustes de la religion et de la société.

Au milieu de la corruption qui souvent applaudit au ravisseur de la femme d'autrui, et souvent insulte au réclamateur de la sienne propre, je dois m'attendre à de singuliers déchiremens de la part de ceux qui n'écoutent qu'une partie, sur-tout si ma bien-aimée, au-lieu d'identifier notre cause et de nous justifier tous deux, se montre encore l'adversaire de son amant-époux, et travestit de nouveau mes intentions et mon langage devant des pesonnes auxquelles je ne suis pas à portée de me faire entendre. Comme la révolution suggere et permet des voies extraordinaires, et comme la vertu doit être le mobile des bons gouvernemens, j'ose regarder, messieurs, votre sagesse et votre droiture comme mon rempart et mon bouclier dans cette occasion très-particuliere.

Que le bruit du mariage de la veuve V soit fondé ou non, je vous prie, si elle est à votre portée de lui donner communication de ma présente lettre, qui la convaincra de la force et de la ténacité de mon inclination. J'aime mieux qu'elle me taxe d'une étourderie que de me soupçonner d'une perfidie. Je l'aime au point que l'idée de la mort la plus cruelle m'affecteroit beaucoup moins que celle de ne jamais la revoir. Elle sait bien que son retour dissipera les nuages de son absence, comme l'aurore chasse les vapeurs et les ténebres de la nuit.

Estimables magistrats, vous ne tournerez pas en dérision l'épanchement naïf d'un homme probe et sensible qui vous devra plus que la vie, si vous lui rendez le cœur de sa moitié. Aidez-moi, plaignez-moi : Mme. V et moi nous vous aurons l'éternelle obligation d'avoir puissamment contribué au rétablissement de notre félicité.

Salut, respect et fraternité.

C   G   T

Ex-L^t. Colonel décoré de cavalerie française, ex-Associé de plusieurs ci-devant Académies.

7 février 1798, trois mois révolus depuis la funeste lettre à laquelle j'attends de jour en jour un légitime et nécessaire correctif.

SUPPLÉMENT

AUX

DÉCLARATIONS D'HONNEUR,

D'AMOUR ET DE TENDRESSE,

Du 7 février 1798, imprimées en une feuille ou vingt-quatre pages in-12, et renfermant sept articles ou paragraphes en mêmes format et caractere que le présent morceau. Quod notandum, nè varietur.

« Mon Seigneur et mon Dieu, la patience, à ce que je vois, m'est extrêmement nécessaire, parce qu'il arrive dans ce monde mille accidens qui nous donnent bien de la peine; car quelque mesure que je prenne pour avoir la paix, ma vie ne sauroit être sans trouble et sans douleur..... On verra tous ces heureux du siecle disparoitre comme la fumée...... O que toutes ces voluptés dont ils jouissent sont peu durables! Qu'elles sont trompeuses, déréglées, honteuses! »

IMIT. l. 3, c. 12. Trad. de dom Morel.

§. I. A V I S

A Mme. V

L'ENFER au retour de Victoire,
Oppose un obstacle effrayant,
. . . .

Quand donc serai-je avec ma douce amie,
Près de mon pere et de tous mes enfans?
. . . .

O ciel! après six ans elle devient perfide;
Je l'aimois de si bonne-foi!
. . . .

A l'amour, à l'honneur, à la beauté (1) fidelle,
J'éprouvois tous les maux d'une absence cruelle.

*Extrait de quelques-unes des romances
composées pour elle par celui qui mérite encore le titre de son MEILLEUR
AMI.*

Presque toutes les pages de l'écrit dont celui-ci
forme la suite, notamment les 14, 15 et 16, peuvent servir de justification, d'avertissement et de dé-
dicace au présent imprimé, devenu peut-être autant
indispensable que le premier, et qui néanmoins n'auroit pas lieu si je ne la chérissois encore, et si malgré
des traits capables d'affoiblir mon respect, mon estime

_____

(1) Quand le ravage des ans qui doit respecter le moral,
aura trop altéré le physique, j'espere qu'au mot de beauté,
Victoire, déja voisine de la cinquantaine, me donnera le
droit de substituer celui de vertu, qui ne gâtera certaine-
ment ni le vers, ni la pensée.

et mon dévouement, je pouvois payer de quelqu'in-
différence l'aversion que, sans aucun motif plausible,
elle paroît faire succéder à ce vif et délicieux amour
dont elle nous enivra si long-temps. Hélas! elle me
juroit sans cesse qu'elle brûloit de venir le consacrer
au pied des autels et devant l'autorité civile. Je l'at-
tendois de jour en jour, d'heure en heure pour anno-
blir, épurer le plus doux penchant de la nature par
les cérémonies les plus augustes de la religion et de
la société ; je comptois lui dire comme Orosmane à
Zaïre :

« Je n'ai choisi que vous pour maîtresse et pour femme. »

Mais ne pourrois-je pas lui demander aujourd'hui
comme dans Athalie :

« Comment en un plomb vil l'or pur s'est-il changé? »

Puisse-t-elle abjurer ses erreurs de quatre ou cinq
mois, ou me démontrer la mienne! Puisse-t-elle revenir aux sentimens, aux procédés, au langage qu'elle
m'a conservé six ans de suite, et que je n'ai point
mérité de perdre! Ah! sans doute pour notre consolation réciproque et notre félicité commune, elle re-
connoîtra qu'un homme dépravé ne ressentiroit pas et
ne témoigneroit jamais les regrets, la tendresse et la
solidité dont je lui renouvelle encore tant de preuves
depuis ses récentes et barbares injustices. Certes, elle
ne doit prendre qu'en bonne part la trop nécessaire
bizarrerie des tentatives où ses funestes caprices me
réduisent pour nous remettre tous deux dans la bonne
voie.

O ma Victoire! malgré le saint temps de carême où
nous entrons, et que tu n'as pas attendu pour m'im-
poser une rude pénitence, je ne suis pas digne de te
citer les auteurs sacrés et les vénérables docteurs que je

* 2

ne te crois pourtant pas indigne d'entendre. Mais souffrès que je te rappelle ces mots d'un moraliste laïc du grand siecle, de ce judicieux La Bruyere, dont le livre est encore dans les mains des gens du monde : « Les femmes sont extrêmes; elles sont meilleures ou » pires que les hommes.... Une belle femme qui a » les qualités d'un honnête homme, est ce qu'il y a » au monde d'un commerce plus délicieux : l'on » trouve en elle tout le mérite des deux sexes. »

O ma Victoire, ô chere trompeuse ou trompée! mon ame n'a point changé; que la tienne reparoisse ce qu'elle étoit avant notre fatale séparation (1).

_____

(1) Bien fatale de toute maniere, puisque, par une suite des mal-entendus qu'elle a fait naître, mon ancienne amante s'est oubliée jusqu'à me menacer d'une dénonciation pour je ne sais quel trait imaginaire d'aristocratie chimérique, tandis que sous un prétexte équivalent une autre personne vouloit dénoncer mon *Essai sur l'Histoire de Neustrie ou de Normandie,* dédié aux trois ordres alors constitutifs de la France. D'un autre côté, malgré les éloges encourageans de beaucoup de pieux et savans lecteurs, de beaucoup d'excellens chrétiens et citoyens, je me suis vu très-vivement attaqué par des exagérés de tous les partis à l'occasion de mes *Réalités des Figures de la Bible,* ouvrage où j'ai tâché de présenter les vérités les plus importantes de l'histoire, de la politique, de la morale et de la religion. On n'a pas besoin de lire la fable du Meûnier pour savoir l'impossibilité de plaire en aucun genre à tout le monde, même avec les vertus et les talens qui me manquent. *Testis noster in cordibus nostris, et in excelsis.*

§ II. *Extrait de l'Ami des Loix, du 18 pluviôse, an 6, ou 6 février 1798, N°. 905.*

— On écrit de Milan, le 1er. pluviôse:

« La veuve florentine Vittoria V***, grande brune d'environ 47 ans, avec des restes de beauté, vient de passer quelques mois à la Casa-Litta de la grande rue, dans cette ville, où elle ne s'annonçoit d'abord que pour 24 heures. Un ex-colonel français, veuf aussi d'environ 50 ans, la réclame comme son épouse dans le for intérieur, à cause de leurs anciens engagemens. Au jour marqué pour les consacrer par les formes civiles et religieuses, la volage amante a fait fausse route, a caché sa marche et son adresse au fidele ami qui, dans l'incertitude de la trouver, n'a pu se procurer à temps le passe-port nécessaire. Sur ces entrefaites un jeune fournisseur paroît avoir supplanté l'ancien militaire; mais celui-ci, trop délicat pour condamner sa maîtresse sur de simples apparences, a trouvé le moyen de lui faire parvenir ses gémissemens et ses prieres, jusqu'à sa demeure qu'il n'a pu découvrir qu'avec beaucoup de peines. Cette aventure n'apprend rien de nouveau sur la légéreté de beaucoup de femmes, sur les dangers de l'absence, et sur les malheurs de l'amour à tout âge; mais elle fournit certains détails piquans, qui dans plusieurs cercles font une distraction passagere aux conversations sérieuses et politiques. Quoiqu'elle ait un profil assez amusant pour les esprits légers et railleurs, les ames honnêtes et sensibles desirent qu'elle se termine au plutôt par l'union légitime des deux veufs. »

§ III. *Extrait de quelques autres journaux, principalement du* Bien-Informé, *du* 1er. *ventôse, an* 6, *ou* 19 *février* 1798, N°. 170.

« La signora vedova V***, de Florence, actuellement à Milan (1), ci-devant assez belle, et peut-être encore un peu coquette, avec la bouche large, quelques cheveux gris, le teint noir, le cou jaune, la taille pesante et le pied grand, conserve dans la derniere moitié de son dixieme lustre quelques agrémens naturels étayés des secours de l'art. Liée depuis long-temps par un mariage de conscience avec un ex-colonel français d'à-peu-près son âge, ce militaire fut arraché d'auprès d'elle, il y a quelques années, par des motifs impérieux.... Des langues malignes ont débité que pendant son absence très-prolongée par la faute volontaire de sa voyageuse amie, plusieurs jeunes voyageurs l'avoient successivement supplanté. Ce qui démontre la fausseté de ces bruits à ceux qui connoissent la sagesse de la signora, c'est qu'on donnoit quinze ans de moins que son âge à l'antépénultieme, vingt de moins à l'avant-dernier, et vingt-cinq ans de moins au dernier de ceux qu'on supposoit ses tenans.... Quoi qu'il en soit, elle n'a cessé pendant long-temps d'écrire à son époux de conscience les lettres les plus passionnées.... Elle sembloit hâter par ses vœux l'instant où leur union secrete seroit légitimée au pied des autels. L'ex-colonel, charmé de tant de constance, précipita de tout son pouvoir la conclusion de ses affaires.... Il s'est vu contrarié par une foule bizarre d'incidens et d'obstacles que l'arti-

_____

(1) Peut-être à cette époque est-elle partie pour la Toscane, l'état de Parme, le Piémont ou même la Suisse, faisant toujours mystere de sa marche et de son adresse au triste délaissé qui desiroit une explication verbale à ses genoux.

ficieuse italienne est véhémentement soupçonnée d'a-
voir fait naître.... Elle l'accable aujourd'hui d'énormes
paquets, envoyés par la poste, et renfermant ses lettres à demi-brûlées (1). Il n'est pas fort irrité de cette
puérile espiéglerie. Assez d'autres outrages d'un caractere plus sérieux appelleroient son ressentiment ; mais
comme au temps d'Astrée il reçoit tout ce qui vient de
sa dame avec un respect égal à son désespoir, avec une
tendresse égale à sa douleur. Cependant sa délicatesse
et sa sensibilité se permettent quelques représentations
d'une franchise aussi vive que touchante. Il ose en
appeller de l'arrêt de leur rupture à sa justice, à sa
générosité, au soin qu'elle doit prendre de sa propre
réputation. Il la supplie de se défier des conseils perfides et des projets intéressés. Ce n'est qu'à regret qu'il
finit par lui déclarer que, si elle ne revient pas de ce
qu'il aime encore à regarder comme un simple caprice,
avant le 18 ventôse ou 8 mars, il se croira, passé ce
terme fatal, entièrement dégagé d'un lien qu'il lui
auroit été bien doux de resserrer davantage.

---

(1) Elle a même eu la petite malignité de compromettre
des françaises qui ne partagent pas son privilege de faire
de lointaines et perpétuelles caravanes. Elle a mis leurs
noms à la place du sien sur l'adresse des lettres que son
prétendu lui avoit affranchies, et qu'elle lui renvoyoit sous
de grosses enveloppes à grosses taxes. Les citoyennes si
mal-à-propos compromises lui ont généreusement pardonné
sans lui appliquer ces vers de Regnier des Marais:

« Rarement à courir le monde,
» On devient plus femme de bien. »

4

(8)

§ IV. *Annotation du Copiste.*

Sazia al fin di crudeltà
Deh ravviva, deh consola
Quella speme ch'ai tu sola
Fatto nascir è morir.

Piccolomini, duchessa di Vasto.

J'ai supprimé dans ces transcriptions quelques inexactitudes graves des journalistes, qui ne connoissent ni moi ni Mme. V   ni toute mon aventure. Un d'eux me fait voyager à Milan où je n'ai jamais mis les pieds; mais où je serois avec un passe-port depuis octobre ou novembre dernier, sans les contre-ordres, contremarches et contre-vérités de mon errante amie. Mes voyages dans plusieurs parties de la Suisse, des Pays-Bas, de l'Allemagne et de l'Italie, étoient antérieurs à la révolution et à ma connoissance avec Mme. V
Ainsi que je l'ai dit ailleurs, ses formes et ses traits fussent-ils changés comme ses procédés et ses dispositions, fussent-ils altérés comme ceux de Cunegonde le parurent à Candide au bout d'une pareille séparation, si elle me rendoit son cœur et sa présence, elle seroit aussi belle à 50 ans pour moi que Mme. de Maintenon le fut pour Louis XIV, autant à 60 que Diane de Poitiers pour Henri II, et peut-être autant à 70 que Ninon pour l'abbé de Châteauneuf. Mais je me permets ces transcriptions à cause des motifs énoncés au 4e. paragraphe de mes *Déclarations*, pag. 17, motifs qui doivent m'empêcher désormais de ménager son plus grand ennemi comme le mien, c'est-à-dire, son excessif et faux amour-propre, source de tant de travers et d'infortunes, maladie terrible après la guérison de laquelle Mme. V   peut devenir une femme exemplaire.

D'ailleurs, le profond chagrin dont elle m'accable à plaisir, est de nature à me causer une mort bien cruelle, si je persiste à le concentrer au lieu de lui donner l'explosion. Mes enfans ne m'empêcheront pas de m'immoler à tout ce qui sera glorieux et salutaire à ma Victoire; mais dans le cas actuel je cede à leur vœu filial et chrétien de ne pas me rendre coupable d'un tel suicide vu les devoirs qui me restent à remplir; et j'aime mieux, en laissant exhaler ma douleur, faire crêver l'abcès que le malade. Au surplus, Victoire, si je ne meurs pas sur-le-champ par vous, je vis encore pour vous. J'ai pour vous encore trop d'égards et d'attachement pour me permettre de transcrire des lettres de quelques-unes de nos connoissances communes, qui prétendent que vous ne m'aimiez que conditionnellement à la restitution de certaines prérogatives et décorations, plus cheres à votre chatouilleuse vanité qu'à mes souvenirs héréditaires. Les mêmes personnes vont jusqu'à rire de l'enthousiasme de reconnoissance et d'admiration qui me transporta lorsque vous m'offrîtes, dans ma prison, votre fortune que je refusois, et votre main que je m'empressois d'accepter. Elles disent que vous ne songiez qu'à vous faire un trophée de mon amour, sans desirer à beaucoup près un engagement aussi sincere que celui dont vous me flattiez, et qu'il m'est impossible encore de traiter avec légéreté. Elles ajoutent que vous espériez me voir passer, avec tant d'autres victimes, sous la hache révolutionnaire, et sans prendre aucune charge, vous donner les airs d'un grand sentiment et d'un lien honorable. Elles me font ensuite la relation de votre conduite et de votre itinéraire depuis ma délivrance en octobre 1794, jusqu'au mois de février 1798.... Ah! Victoire, puissé-je à vos pieds et sous vos yeux faire un sacrifice à Vulcain de toutes ces déchirantes pieces, que je ne puis ni transcrire, ni relire, et dont je ne vous nommerai jamais les auteurs!

Rassemblons encore nos forces pour copier les deux extraits suivans:

§ V. *Extrait d'une lettre de Milan, du 28 pluviôse, an 6.*

. L'aventure suivante fait dans quelques sociétés une diversion tragi - comique aux conversations sérieuses des grandes circonstances où nous nous trouvons.

La signora Vinc. . . ., grande brune sur le retour, chez qui la coquetterie peut avoir survécu à la beauté, s'amuse à désoler un ex-colonel français, son ancien amant, d'environ même âge, qui comptoit enfin réaliser les offres et les sermens qu'elle lui faisoit depuis long-temps de l'épouser. Elle n'est pas contente de l'avoir écrasé par les fausses combinaisons d'une fausse attente et de fausses promesses, prolongées durant quatre années d'absence qui ont immédiatement suivi dix-huit mois de l'union la plus douce et la plus intime. Il n'est point d'espiégleries outrageantes et dispendieuses qu'elle ne fasse succéder aux plus tendres assurances, depuis que tous les obstacles de mariage et tous les prétextes de retard ont été levés par l'ami constant qui se reposoit de bonne-foi sur la périlleuse parole de la signora. Celui-ci, toujours délicat et loyal, ne veut point croire aux bruits attentatoires à la réputation de sa maîtresse, et ne montre ni la foiblesse de l'abandonner trop tôt, ni l'obstination de la poursuivre trop long - temps. Il cherche seulement en bon pasteur à ramener la brebis égarée. N'opposant que les égards aux insultes, rejettant les torts sur des malentendus, et se croyant encore son époux dans le for intérieur, il la conjure, au nom de tout ce qu'il y a de cher et de sacré pour des êtres raisonnables et civilisés, de se rendre au terme qu'il indique pour le 8 mars ou 18 ventôse. Cette époque de quatre mois un jour, depuis l'injuste et brusque rupture, est propre à rappeller de grands souvenirs à deux individus qui se sont crus long-temps formés l'un pour l'autre. Elle remplit encore le triple but de laisser à la volage le temps des réflexions et du retour, de l'affranchir des craintes d'une trop longue importunité, de se pré-server lui-même de l'espece d'avilissement où l'expo-seroit un excès de persévérance pour l'objet qui ne seroit immuable que dans le changement, et qui se montreroit plus fidele à l'emportement, au caprice et à la haîne, qu'à l'amour, à l'honneur et à l'amitié.

§ VI. *Extrait d'un écrit du citoyen désigné ci-dessus.*

Que celui d'entre vous qui est sans péché,
lui jette la première pierre. ÉVANGILE.

Mme. V que je n'aurois jamais voulu croire si légere et si perfide, substitue le dénouement le plus ridicule pour elle et le plus funeste pour moi au cou-ronnement honorable et soutenu dont elle flattoit ma constance. Elle fait impunément succéder la colere à la reconnoissance, la fureur à l'attachement, les satyres les plus ameres et les calomnies les plus atroces ou les plus absurdes aux éloges les plus flatteurs, aux expressions les plus tendres. Elle farcit des journaux étrangers d'invectives et d'impostures envenimées con-tre le fidele amant et le futur époux qu'elle appelloit naguere le plus excellent des hommes, et qui sera toujours le meilleur de ses amis. Elle réduit mes pa-rens à me féliciter, bien plutôt qu'à me plaindre, d'une rupture à laquelle je ne me résigne pas, ne pouvant me résoudre à supposer l'entiere perversion de Vic-toire qu'ils ne connoissent pas. Tous les efforts de ses pernicieux conseils sont impuissans et vains contre mon amour et mon innocence. Quoiqu'on lui fasse dire, écrire ou faire, il n'en est pas moins vrai que j'ai toujours été de bon cœur et de bonne-foi dans cette liaison, dont j'espérois pour elle et pour moi le

* 6

bonheur de la vie; dans cette liaison qu'elle me juroit de resserrer et de prolonger jusqu'à la mort, et dont la rupture, ouvrage de sa seule inconstance, fait le malheur du reste de mes jours. Tout ce qui m'est arrivé depuis qu'elle m'a fait l'offre de sa fortune que je rejettois, et de sa main que j'idolâtrois, prouve de ma part la réunion de délicatesse et d'ardeur, de tendresse et de constance qu'une femme raisonnable et sensible peut desirer de l'amant choisi par elle-même pour remonter ensemble à la dignité des époux.

Loin de la peindre, ainsi qu'elle me le reproche, comme une petite maîtresse ridicule et surannée, je l'ai représentée comme une femme charmante et respectable, dans les *Observations préliminaires* des *Déclarations d'Honneur, de Tendresse et de Mariage* que j'ai fait imprimer et adresser le 7 février 1798, lorsqu'après m'avoir provoqué par trois mois d'outrages sanglans et consécutifs, malgré les lettres et les démarches les plus suppliantes et les plus capables de fléchir un cœur noble et juste, elle ne me laissoit plus que ce seul moyen de m'assurer que mes gémissemens, mes prieres et mes remontrances lui parviendroient.

Dans ce même paragraphe, j'établissois que la nature de nos liens, très-sérieux et presque sacrés, m'ordonnoit les plus grands efforts pour la ramener à notre mutuel honneur et bonheur, avant de m'en tenir au conseil renfermé dans ce vers:

« L'honnête homme trompé s'éloigne et ne dit mot. »

J'ai toujours été fâché de voir que J. J. Rousseau dans ses *Confessions*, bien différentes de celles de saint Augustin, révéloit celle d'autrui, nommément de Mme. de Warens sa bienfaitrice, dont il auroit dû taire les foiblesses. D'après cette façon de juger et de sentir, je ne suis pas homme à divulguer les bontés particulieres qu'une femme auroit pu m'accorder. Mais ici je n'ai rien divulgué. Mes aveux ne tendoient qu'à

balancer où combattre des bruits infiniment attentatoires à l'honneur d'une personne à qui j'offrois encore
le plus noble moyen de le sauver ou de le réparer.
Mme. V   loin de se rendre ma consolatrice,
comme elle juroit de le devenir, loin d'être ma bienfaitrice comme Mme. de Warens l'étoit de Jean-Jacques,
devient ma plus acharnée calomniatrice et persécutrice. Mais quand elle cesseroit de se respecter elle-
même, elle est toujours à mes yeux, à mon cœur un
objet trop cher et trop sacré pour que je me permette
de tracer tous les genres de trahison, de désespoir
et d'insulte qu'elle m'a fait essuyer. J'ai la malheureuse foiblesse de l'aimer encore si passionnément,
que je rejetterois ses torts et mes chagrins sur les
fausses apparences et sur les mal - entendus d'un si
long éloignement, si son courage expiatoire à sur-
monter le plus injuste des caprices, le plus fou des
entêtemens et le plus vain des amours-propres, la rap-
pelloit aux sentimens qu'elle m'a si vivement expri-
més, aux sermens qu'elle m'a si souvent prodigués.
Son image m'occupe et son idée m'absorbe au point
que mon air d'abattement et de mélancolie frappe
tous ceux qui me rencontrent, semblable à l'oiseau
blessé qui traîne par-tout la fleche dont il est cruel-
lement atteint.

J'ai prouvé dans mes *Déclarations* que mon affaire
d'un attachement intime depuis six années, et d'un
mariage promis depuis quatre, ne devoit point se confondre avec ces aventures de galanterie que les deux
parties sont également intéressées et obligées à couvrir
d'un secret ou d'un silence éternel. Sans discuter ici
jusqu'où l'on peut étendre ou restreindre le proverbe
honnête homme qui le fait, mal-honnête qui s'en vante,
il suffit de reconnoître que dans le cas présent il n'y
a de quoi se vanter pour personne. Je n'ai commis,
graces à Dieu, ni l'indiscrétion d'un fat, ni la vengeance d'un amant irrité. Mes *Déclarations*, dont il
n'existe qu'une très-petite quantité d'exemplaires, ne

sont tout bonnement que, 1°. la défense d'un homme opprimé; 2°. la tentative d'un bon pasteur pour ramener sa brebis égarée; 3°. l'exécution d'une promesse faite à ma perfide bien-aimée en cas de l'exécution d'une menace qu'elle a mal-à-propos réalisée. Tout ce triste éclat n'auroit point eu lieu, si elle avoit cédé à ma priere et à la justice de m'écrire deux lignes de consolation pour tempérer le bouleversement affreux qu'avoient mis dans ma tête et dans mon cœur ses blasphêmes imprévus du 7 novembre 1797.

Ah! si je ne l'aimois pas, je serois moins sensible à ses erreurs. Un dédaigneux silence seroit ma réponse à ses injustes reproches. Après l'inutilité des lettres et des démarches les plus secretes, les plus touchantes et les plus soumises, je ne préférerois pas le ton grave de la sainte union sur laquelle je comptois, au ton léger de la profane intrigue qu'il falloit oublier ou réparer. Je n'épuiserois pas tous les moyens que la religion, l'honneur, l'amour et la bonne-foi me suggerent dans une distance infranchissable pour moi. Armide-Victoire, tu peux, dans tes nouvelles fureurs, envoyer contre moi tes chevaliers; mais au moins, aies quelque retour d'intérêt pour ton Renaud - Gaspard. O comme alors il bravera les adversaires et les obstacles! comme il s'occupera de ton bonheur! Mais cruelle bien-aimée, barbare enchanteresse, viens toi - même exercer ta puissance. Si tu es pervertie, comme je suis loin de le croire, tu me poignarderas. Si tu vaux encore quelque chose, comme je l'espere, tu m'épouseras. Dans les deux cas, je te remercierai, la vie m'étant insupportable sans toi.

Ames sensibles et généreuses qui serez à portée de la rencontrer, si vous ne la trouvez pas sans retour la proie, la dupe ou la victime de quelqu'aventurier, plaidez la cause de l'amant, qui dans le fond, sera celle de l'amante, et tâchez de la ramener à la conduite et aux sentimens qui lui rendroient la paix du cœur et de la conscience, l'estime d'elle-même et les égards du public.

C'est donc le 8 mars, chere Victoire, qu'après m'avoir persécuté quatre mois, à la suite de quatre ans de privations et de promesses, tu vas avoir l'option de perdre ou de recouvrer tous les titres à la considération de beaucoup de personnes, et sur le cœur de ton Gaspard. Le 9 mars et tout au plus tard le 8 avril, ou nous serons plus unis que jamais, ou je n'aurai plus seulement le droit de te tutoyer. Puisses-tu du moins me rendre ou me laisser celui de t'estimer! Songes toujours que, malgré mes griefs et ma douleur, tu n'auras jamais, et nulle part, d'ami plus empressé à te pardonner, à te servir que ton loyal et malheureux

C   G   T

§ VII. *Addition.*

Peut-on haïr sans cesse, et punit-on toujours?

RACINE.

Comme je n'ai pas besoin de me justifier auprès de ceux qui nous connoissent tous deux, et comme d'ailleurs il me répugneroit de me disculper aux dépens d'une femme qui m'aima long-temps, que j'aime encore et que je ne cesserai peut-être jamais d'aimer, j'espere que ce second imprimé, fait, comme le précédent, pour empêcher qu'un autre ne l'afficlie, sera le dernier de ma part relatif à sa personne et à cette affaire. Je le termine en lui jurant de nouveau devant Dieu et devant les hommes, que j'aimerois mieux signer notre acte de mariage, et que je ne serai jamais son ennemi.

Les nouvelles erreurs, les nouvelles courses, les nouvelles distances de ma bien-aimée, demandent de nouveaux délais pour une réponse catégorique, ou pour une certitude morale. Ainsi, je prolonge jusqu'aux premiers jours du printemps ou peut-être jusqu'au 18 germinal le délai fixé d'abord au 18 ventôse. Je ne veux avoir à me reprocher l'omission d'aucun des foibles et seuls moyens que me laissent de terribles circonstances.

O ma Victoire, ma toujours bien chere Victoire, il seroit possible que malgré l'invariabilité de mon cœur, ma tête renversée par la tienne se ressentît un peu des secousses de la révolution, conservât quelque trace des violentes agitations où l'ont souvent jetté l'entassement, la profondeur et la diversité de mes infortunes. Ta victime ne veut pas que tu le deviennes d'un autre, et ces imprimés, comme je te l'ai déja marqué, doivent empêcher qu'on ne t'affiche ; ils ne sont pas faits pour des lecteurs à tête de vent et à cœur de bois. Vu la crise où tu m'as réduit, et vu le soin de ne mettre les noms qu'à la plume et sur la moindre partie du petit nombre des exemplaires, ils ne doivent blesser ni toi que j'adore, ni ta famille que je respecte. Ils ne t'annoncent de ma part ni la foiblesse de te flatter, ni l'intention de t'offenser, ni la prétention de te punir. Je ne veux, aimable ci-devant bonne amie, que t'avertir et nous préserver tous deux de l'abîme creusé par toi-même, après m'avoir tenu plus de quatre années dans le supplice de ton éloignement, après m'avoir promis chaque mois et différé chaque saison le plus desiré des retours, jusqu'au moment où, vaincue par les plus fortes raisons et dépourvue de tout prétexte, tu m'as brusquement cherché la plus odieuse des querelles, supposé les plus chimériques des torts, couvert des plus injurieuses duretés, et prononcé la plus inattendue, la plus inique et la plus barbare des sentences. Est-ce bien toi qui m'ettrois au néant les preuves si touchantes et si multipliées de mon zele, de mon dévouement, de ma constance, de mes peines et de mes sacrifices ? Est-ce toi qui t'acharnerois à m'aigrir au lieu de me calmer dans la trop durable effervescence d'une passion trop vivement encouragée et partagée, trop noblement éprouvée et purifiée pour finir par la plus amere et la plus insensée des ruptures, par la plus révoltante et la plus méprisable des trahisons?

O ma Victoire! ne t'obstines pas dans la colere, la prévention, la calomnie, l'inconséquence et le parjure. Le pardon que je brûle d'accorder ou de recevoir, sera sans reproche de ma part, et tu sais que je suis incapable de revenir sur d'horribles mal-entendus dont aucun n'est venu de ma faute, et qu'il ne faut tous attribuer qu'à mon seul malheur. Vas, puisque je t'aime toujours, tu m'aimeras encore, et nous n'avons rien de mieux à faire que d'exécuter le serment et la résolution de nous unir. L'excellence de notre ménage fera pardonner le scandale de notre brouillerie à tous ceux dont le suffrage et le commerce méritent d'être recherchés. Nous jouirons des triomphes du véritable honneur, du légitime amour et du respectable hymen sur la susceptibilité chagrine, l'opiniâtreté puérile et la pitoyable vanité. Oui, ma Victoire, je te le dis sans ironie, sans pédantisme et sans caffarderie, oui, nous pourrons faire ensemble notre consolation pour ce monde et notre félicité pour l'autre. Notre expérience, nos réflexions, nos convenances, notre position, notre caractere, notre âge, nos sentimens, nos principes, enfin, chere ci-devant moitié de moi-même, de qui seule il dépend de le redevenir encore, tout ce que nous voyons et sentons dans la végétation présente doit nous reporter, au moins par intervalles, aux méditations de la vie future. Tu sais que le divin législateur ordonne l'oubli des injures et pardonne à *ceux qui ont beaucoup aimé.* Puisse-t-il jetter un regard de miséricorde sur VICTOIRE et sur GASPARD!

Paris, 7 mars 1798, un mois jour pour jour, depuis les *Déclarations* imprimées, et quatre depuis les indignités qui (commencées à l'heure précise ou par un ensemble remarquable et de souvenirs et de pressentimens, je me trouvai mal à deux cents lieues d'elle sur le seuil de la porte de son ancienne maison) succédent sans relâche à quatre années consécutives des formelles promesses, des tendres assurances, et des nombreux sermens qui me faisoient sans cesse espérer le terme de ses inexplicables courses, de ses douteux plaisirs et de mes inexprimables souffrances. Ce n'est pas d'aujourd'hui que les volontés de ma susceptible et boudeuse amie font ma loi suprême ; que je m'immole pour elle, et que je suis prêt à lui sacrifier tout, excepté mon amour et *fors l'honneur*, comme disoit le vainqueur de Marignan et le vaincu de Pavie. Loin de compromettre le sien, je veux le soustraire aux dangers qu'elle-même sembleroit lui faire courir. Malgré les petites égratignures que je suis forcé de faire à son faux amour-propre, en écartant son poignard des larges et profondes blessures faites à mon véritable amour, je lui répete que pour insulter impunément à ma Victoire, si elle remplit ses doux et sacrés engagemens d'être ma femme, il faudroit commencer par m'anéantir, à-peu-près comme il faudroit qu'un glaive perçât mes habits et ma chair avant de s'enfoncer dans mon cœur.

Hélas ! quoiqu'elle continue de me dénigrer, tout en me cachant sa nouvelle demeure, ces écrits, ces recherches, ces tentatives de toute espece ne tendent qu'à lui rendre le contentement et la tranquillité, qu'à trouver avec elle la preuve évidente et complette que notre passager discord ne porte que sur de fausses apparences ou de vrais mal-entendus, et qu'enfin s'il étoit permis de supposer quelque chûte réelle, il n'en est aucune en ce temps et de ce genre pour laquelle la philosophie et la religion de concert ne fournissent le moyen de se relever noblement. Quels hommes et quelles femmes, sur-tout dans le chaos révolutionnaire, n'ont souvent besoin d'indulgence ! *septies in die cadit justus.* Et s'il est permis de citer Voltaire après l'Ecriture, nous dirons encore :

« Dieu fit du repentir la vertu des mortels. »

Ah ! Victoire, ton généreux et fortuné retour expieroit tes fautes ou couronneroit tes vertus.

Au surplus, je suis loin de te vexer et de te contraindre : ma prorogation de délai du 18 ventôse au 18 germinal prochain te donne un mois de grace pour fixer et me signifier tes résolutions. Dans le cas de raccommodement, tu me rends le plus heureux et le plus reconnoissant des hommes : j'ose penser que par-là tu feras ton propre bonheur. Dans le cas de refus, je me résigne et t'obéirai : trouve seulement une tournure qui ne soit avilissante pour aucun de nous deux, et qui m'empêche de succomber à la douleur.

P. S. Hélas ! il faut le répéter encore :

Les 7 paragraphes des *Déclarations d'Honneur, de Tendresse et de Mariage*, depuis les *Observations préliminaires* jusques et comprise la *Requête* à certaines autorités, ont refuté d'avance le cercle vicieux d'objections, de critiques et de sophismes qui rappellent je ne sais quels censeurs, dont une femme sensible et spirituelle disoit à l'auteur d'Emile : *Tais - toi, Jean-Jacques, ils ne t'entendent pas.* Combien de fois ai-je pu dire à ma bien-aimée, comme le marquis de Vardes à Louis XIV : *Quand on est dans votre disgrace, non-seulement on est malheureux, mais on devient ridicule.*

— O Victoire T   (car c'est ainsi que tu signois encore il y a cinq mois,) pourrois-tu croire que j'aie voulu te déshonorer par l'emploi des seuls moyens que tu me laisses pour te rappeller à l'honneur ? L'intéressant Valdahon, dont l'affaire a fait mille fois plus de bruit que la nôtre (qui n'ira pas, j'espere, en justice) et dont les mémoires ont été mille fois plus multipliés et plus répandus que mes réclamations, dont il n'existe guere que la petite quantité nécessaire pour m'assurer qu'il t'en parvienne, l'intéressant Valdahon vouloit-il déshonorer sa future, quand, pour le succès de sa cause autant que pour l'épanchement de son cœur, il laissoit entrevoir encore plus clairement que je ne me le suis permis, certaines circonstances que l'acte auguste et sacré de mariage fait cesser d'être reprochables et mystérieuses.

De bonne foi, ma toujours chere, après l'ensemble de ce qui nous est arrivé, après cette succession de délices et de tourmens, de promesses et de faussetés, d'éloges et d'injures, de consolations et de désespoir, moi, dont la grande attente, après tes propres offres, étoit constamment de bien vivre avec toi devant Dieu et devant les hommes, moi que tu ne vis jamais insensible ni déloyal, puis-je être inaltérablement plus maître de mon chagrin que de mon amour? Souviens-toi que tout en demandant au ciel le retour de tes sentimens que je n'ai point mérité de perdre, et l'exécution de nos sermens auxquels je ne fus jamais parjure, souviens-toi que je me réduis à deux lignes honnêtes de ta main, et que tu ne peux m'accorder moins si tu ne veux me rendre plus. Souviens-toi que je t'offre encore les plus honorables réalités qui dépendent de moi, pour effacer les apparences honteuses auxquelles tu t'exposes. Enfin, ma Victoire, souviens-toi qu'après avoir bu par toi et pour toi le calice des amertumes et des humiliations, je ne pourrai supporter ni dévorer tes mépris qu'au moment où tu perdrois absolument toute mon estime.

N. B. Bravo, ma Victoire, au moment où j'hésitois encore à porter à l'impression ces pages d'épanchement, d'abandon, de désordre et de douleur, me voilà tout-à-fait décidé par la réception de nouveaux paquets de sept à huit francs qui renferment encore de mes propres lettres, les unes demi-brûlées, les autres non décachetées, et toujours sur l'adresse intérieure le changement de ton nom en d'autres qui pourront t'attirer des affaires, si tu ne mets fin à ces impertinens et dangereux enfantillages.

Toi perpétuellement riche, mais qui, sur-tout dans les circonstances, devrois n'en être que plus modeste, plus compatissante et plus réservée; toi qui sais te maintenir dans l'abondance, malgré l'énorme diminution que tes extravagantes courses font à cette fortune

qui pouvoit te rendre la mere des malheureux, continue d'écraser par tous les moyens imaginables le pere
de famille qui t'a sacrifié toutes ses ressources, et dont
tes perfidies ont comblé les revers. Mais au lieu de
me renvoyer injurieusement des lettres que tu ferois
mieux de lire et de médîter, que ne me renvoies-tu
celles qui sont bien à moi et non pas de moi, celles
que je t'ai fait passer par excès de tendresse et de
confiance, et que tu devois avoir la délicatesse de me
rendre aussi-tôt que tu m'as cherché querelle en te
déprimant toi-même, et me supposant des torts dont
ma conduite soutenue depuis que nous nous connois-
sons te prouvoit bien que j'étois entièrement incapable.

Renvoies-moi, sur-tout, 1°. certain papier précieux du 8 juillet 1787, 2°. certaine missive du 20 août
1797. O femme trop aimée, comment peux-tu devenir si
haineuse? Ignores-tu que les fievres de la haine enlaidis-
sent plus que le progrès des années? O séductrice enga-
geante, pousserois-tu l'infidélité jusqu'à nier ou violer
des dépôts? Hélas! je t'avois aussi confié mon cœur;
tu daignas me le demander la premiere, et comme tu
le traites!

« Mais le vrai Dieu, Victoire, est un Dieu qui pardonne. »

VOLTAIRE.

En prolongeant jusqu'au 18 germinal le temps fixé
d'abord au 18 ventôse, nous atteignons le terme de
Pâque, l'époque solemnelle et régénératrice. Il n'y a
pas plus d'hypocrisie dans ces souvenirs religieux au
moment de la chûte absolue de la puissance temporelle
du clergé, qu'il n'y avoit d'impiété dans mes efforts
d'autrefois pour tempérer le courroux de certaines
personnes contre certains sophistes qui se disoient
persécutés et sont devenus persécuteurs. Ma Victoire
voudroit-elle leur ressembler? Voudroit-elle s'obs-
tiner dans ce fatal divorce dont la seule idée me brise

le cœur? Au surplus, elle est maîtresse d'elle-même comme de moi. Elle a bien la conviction que toutes mes tentatives sont d'un homme qui souffre, mais non d'un homme qui hait. Mon but et mon vœu sont de l'appaiser et de la convertir, non de la piquer ou de me venger. C'est après avoir épuisé toutes les autres voies que j'ai recours à la seule qui me reste. C'est la derniere branche à laquelle peut s'attacher son ami qu'elle s'efforce de noyer.

Ma Victoire aimera mieux rentrer en elle-même que de recourir à l'appui de ceux qui voudroient que la probité fut toujours dupe, et la trahison toujours impunie. Au faux jugement que bien des personnes, heureusement combattues par d'autres d'une autorité non moins grave, ont porté de mes *Déclarations*, j'aurois été presque tenté de m'écrier avec le payen Brutus, *ô vertu, n'es-tu qu'un fantôme*, si des principes que je ne soupçonne pas ma Victoire d'avoir tout-à-fait abandonnés, ne me démontroient la réalité de ce bienfait accordé par le ciel à la terre. O ma Victoire, qu'il m'auroit été doux de le cultiver avec toi! Dès que tu redeviendras toi-même, tu vaudras mieux que moi, et comme je n'ai point de fiel, je demanderai tes prieres auprès de celui que nous avons offensé tous deux, et que nous devrions servir ensemble. Tu sais que de tout temps j'ai mieux aimé passer condamnation sur mes fautes et mes défauts, que de dire avec le Tartuffe de Moliere :

« Il est avec le ciel des accommodemens. »

Mais quand je me rappelle ces vers de Voltaire :

« Que de l'amour à la dévotion,
» Il n'est qu'un pas : l'un et l'autre est foiblesse. »

Je penserois plutôt,

« Que de l'amour à la religion,
» Il n'est qu'un pas : l'un et l'autre est tendresse. »

§ VIII. *Dernier mot à* Mme. V

Par le temps qui court, ma chere Victoire, il convient de lire tout ce qu'on nous écrit, et de ne point laisser de lettres au rebut de la poste. La fausse et dégradante interprétation que tes pernicieux conseils n'ont pas rougi de donner à mes plus pures expressions et démarches, te prouve que la correspondance la plus innocente pourroit nous exposer devant quelques-uns des tiers inconnus ou malveillans qui pourroient l'ouvrir ou l'intercepter.

Dans aucun cas et dans aucun temps tu me dois imiter ces femmes d'autant plus étourdies qu'elles jouent la prudence, ces femmes qui se compromettant sans cesse elles-mêmes, crient sans cesse aux autres : *Ne me compromettez pas.* Dis à tes entours que, soumis aux loix et vivant loin des cabales, je ne me laisse pas effrayer par des menaces qui m'ont fait parodier deux vers du Cid :

« Paroissez Robespierre, et Collot et Marat,
» Et tout ce que l'enfer a de plus scélérat. »

Pauvre Victoire, s'il m'arrive (assurément bien à contre-cœur) de te faire de temps en temps quelque peine, c'est que tu ressembles par fois à ces malades qui dans le transport se font des blessures dangereuses, et que je ressemble alors à ces officiers de santé qu'une fausse compassion n'empêche pas de mettre sur les plaies un appareil douloureux, mais salutaire. Quelque déchirement que tu me fasses, et même à dessein prémédité, j'aimerois mieux mourir que de te causer le moindre mal inutile et volontaire.

O vous qui prépariez mon supplice en me promettant le bonheur, vous à qui, jusques dans ma défense nécessaire contre d'intolérables attaques, j'ai donné toutes les preuves imaginables du plus vif et du plus solide attachement, si vous ne voulez pas absolument redevenir sensible à ma tendresse et à ma constance, au moins redevenez juste sur mon caractere et ma conduite. Délivrez-vous de moi par un mot qui serve d'adoucissement à vos nouveaux procédés, et d'éponge aux imputations calomnieuses et dénaturées de votre funeste lettre du 7 novembre 1797. Donnez-moi la consolation de savoir que vous ne regardez pas votre martyr comme votre ennemi. Quelque parti que vous preniez, je ferai toujours des vœux pour votre bonheur, auquel il m'auroit été si doux de contribuer.

Je ne répondrai pas aux nouvelles méchancetés qu'on m'envoie en votre nom, ce 18 ventôse, an 6, et dont je ne vous accuse point; mais j'en espere l'oubli, l'adoucissement ou la réparation pour le 19 germinal au plus tard.

Ces écrits, tracés avec agitation près de ton portrait, te seront envoyés avec exactitude sous le cachet de tes cheveux. Pardonne mes longueurs. Les amans sont diffus et craignent bien moins les répétitions que les omissions.

C   G   T

Charles - Gaspard Toustain